图书在版编目（ＣＩＰ）数据

尉犁 / 费丽著. -- 武汉 ：长江文艺出版社，
2019.12
ISBN 978-7-5702-1161-6

Ⅰ. ①尉… Ⅱ. ①费… Ⅲ. ①诗集－中国－当代
Ⅳ. ①I227

中国版本图书馆 CIP 数据核字(2019)第 142419 号

责任编辑：胡　璇　　　　　　　责任校对：毛　娟
封面设计：祁泽娟　　　　　　　责任印制：邱　莉　　王光兴

出版：长江出版传媒　长江文艺出版社

地址：武汉市雄楚大街 268 号　　　邮编：430070
发行：长江文艺出版社
http://www.cjlap.com
印刷：武汉市首壹印务有限公司

开本：880 毫米×1230 毫米　　1/32　印张：4.5　　插页：6 页
版次：2019 年 12 月第 1 版　　　2019 年 12 月第 1 次印刷

定价：46.00 元

天空下

Under the Sky

路也 著

长江出版传媒　长江文艺出版社

路 也

现为济南大学文学院教授。著有诗集
《我的子虚之镇乌有之乡》《地球的芳
心》《山中信札》《从今往后》、散文
随笔集《我的树》《飞机拉线》、中短
篇小说集《我是你的芳邻》、长篇小说
《幸福是有的》《下午五点钟》和文学
评论集等二十余部。

目　录

第三辑

第一辑

辽 阔

给悲伤装上轮子，就这么一直开下去吧
给孤独装上引擎，就这么一直开下去
给苦闷装上底盘和车身，就这么一直开下去

这人生不会太久，不必拐弯抹角，要笔直向前
像这穿过沙漠的高速公路一样

那些灰褐色远山光秃着，干旱得那么倔强
天空已经蓝到举目无亲了
仙人掌对它举手加额

偶有巴掌大的小镇，在茫茫荒凉之中
珍爱着自己

一列火车在远处缓缓移动
橙色车头牵引着总共一百二十六节车厢
即使如此拖拖拉拉，也可以做到永不回头

鹰把自己当英雄，飞至天空的脚后跟
全力以赴地奔向空荡和虚无
大朵大朵的白云，具有云的本色
走走停停，飘浮在天堂的大门口

大地在向后撤退，同时又向前铺展
时间和空间在速度里既重逢，又诀别
大巴车斜擦过三个州的腰，仿佛行驶在火星

太阳从左车窗翻滚到右车窗
它过分鲜艳，以至于接近苦难

地平线有更大野心，是不远不近的劫数
它在拉紧，在伸展，在弹跳
其实它是无限，无限的一半是多少？仍然是无限

2018.8

我走出房门

我出了房门，朝远处走去

想看看油菜花开了没有

那养蜂人是不是

已经出发

我穿上风，戴上阳光的冠冕

脚后跟安装弹簧

我出了房门，朝远处走

有破茧而出的欲望

四壁停止了忍耐，让时间溃散

偏头疼原本打算爆破太阳穴

而今忽然平息

我出了房门，朝远处走

去世界的任何地方

我要对自己好，不必成为必须成为的

我要对所有人充满善意

尤其爱那些软弱和苦闷之人

道路泛起懒洋洋的尘土

山巅欲向云朵讨要一个吻

我出了房门，朝远处走

离居所越来越远

如果有人敲门

大门谦逊的木质和走廊空虚的回音

会提醒我不在家

如果发生悬案

电脑、桌椅和咖啡杯

都可以提供我不在场的证据

我不在的时候

那些书籍会在闲寂之中

保持自己的体温

我走出尘封的房门，走下悲伤的台阶

怀揣星球和地平线

朝远处走去

即使我一去不返，也请不必担心

这世上的胜利将败北

陷在泥里的则得到救拔并升高

我走出房门，越走越远

只是想看看那油菜花

开了没有

2019. 3

尽　头

无人在这个小镇上等我
那条石巷中也没有那人的影子

两旁石墙，高高竖立
抬头可望见落着小雨的长条状的天空
天空为大地上每个人分配着光阴
每一朵云都属于命中注定

墙头的蕨类
总是有葱茏的品德

岩片层叠，塞满久远的絮语
巷子长而弯，一直穿过去，就是一声感慨
哪条道路的尽头，不是世界尽头？

旧时门庭有朽坏下去的勇气
有不堪重负的美
守候并不存在的现实
总感有话要说，终于什么也没说

小镇的灵魂已然厌倦了它自己的肉体
往昔总在我们不在的地方

江水环绕小镇
江水有一万个理由不停地流淌

没有人说得出末班船何时抵达
远行的人不知道哪里才是最后一站

2019. 1

天空的记忆

这片天空的记忆里有一架飞机
飞机奔向天空的眼底
这片天空的记忆里还有一个诗人
天外来客撞向地球

这片天空有时湛蓝有时灰白
靠疼痛来安抚疼痛
风吹着它的门口
不知风是在哪一个方向吹

许多年来，每当有飞机掠过
这片天空，还有天空下那山巅的前额
最关心的是
上面是否坐着诗人

诗人都倚着舷窗，都没有行李
拿词语换取了机票
与星辰有默契
在天空之路，以云彩作里程碑

2020. 12

镇扬渡口

我和母亲

两小时走完隋炀帝两个月的路途

京沪高铁替代京杭大运河

使须臾人生变得更短促

让一路捧读古文的我感到些许不适

接下来从镇江去扬州

瓜洲在望

想起妙玉和惜春

船至江心，忽举起行李箱，仿杜十娘怒沉之状

母亲微笑：箱子里没一件值钱东西！

旁边是横跨的公路大桥

一架波音 737 从空中掠过

整个时代都在汽车上，我偏要行船

整个民族都在飞机上，我偏要行船

我的慢，使我脱离数学和经济学的原理

成为诗人

江面承载着

自己的浩渺和混浊

沙洲上芦苇患着自闭症

在臆想中抽刀断水

一叶小舟漂荡在长江，离岸而尚未靠岸

一叶小舟漂荡在长江，竹木之心起伏而空寂

一叶小舟漂荡在长江上，哦，这是汉语的孤独

2014.9

秋天的栗树林

走在不知名的山谷，不知名的溪水流过身旁
大地正露出倦怠的面容
抬头望向山冈，望见秋天的栗树林

天空是巨大的平静，悬在栗树林上方
阳光安详，含有细细的砂糖

栗树林在山冈之上
挺立之姿已无法超越自己的斑斓
那整装待命的悲怆

风吹过栗树林的头顶
一只黑翅鸢趁机急速滑翔
当吹到尽头，变成一声徒劳的叹惋
风里有离别，有遥远，有永逝和遗忘

壑谷里弥漫着撤退的气息
这世上一切都不属于我
除了四通八达的天空，没有谁会写信来
爱过的人在病中，彼此不见已有三年
抬头望去，云散淡，心空旷，栗树林在山冈

2018.10

灌　溉

黄色的塑料软管

细细长长

连接水龙头，沟通深泉

牵过水泥台阶

引至园圃

水是最体贴的语言

从喷头里出来时成为咏叹

缓缓流进

慈悲的土壤

唤起每一株草木

对微风的兴致

以及对太阳的敬爱

溺水的蚂蚁在寻找方舟

这件事发生在

每个周四下午，你家后园

双脚踩在田埂的方砖上

裤脚被打湿

鞋底对春泥有默许

当软管被拖拽着

绕过石桌石凳

到达园子的最远处

那里有一块来自山中的岩石
它的过去和现在
共同存在于未来的终点或起点
这件事发生在
每个周四下午，你家后园

撒下的种子
在好土的庇护所
慵懒而温柔地忆起前生
记起它们原先所属的那粒瓜与果
一种前所未有的爱，在黑暗中
搬动了大地
当喷头洒射出水花
秧苗开始把腰肢来摇曳
将叶片当成旗帜
并与春天相互理解
这件事发生在
每个周四下午，你家后园

两三个幸福时辰过去
天光渐暗
关闭软管另一端那个——
连接本体和喻体，连接梦与醒
连接偶然和必然，连接有限和无限
连接超验和先验的——
金属水龙头阀门

直起腰身，抬起头

望见云端之上

有什么正急疾而过

把整个天庭摇晃

这件事发生在

每个周四下午，你家后园

2019. 5

园　子

你有带篱笆的园子，清清水流
分成四道来淌

我跟你一起灌溉这园子
稼穑挫败了虚无
这是一个春日，下午三四点钟

你的自由
在小葱和韭菜之间

你的热情
使土豆蠢蠢欲动

你告诉我西边那一片，叫龙葵
来自童年的山坡
将以馅饼和果酱作答

黄瓜和西红柿的秧子得攒足力气
沿着制定的藤架路线登攀
哦，还忘了栽种芹菜
它有略微苦涩的神经，使人思茫然

在墙根儿，菜畦的边缘，一溜芍药忙里偷闲
唯这花最代表中国
等人去丛中醉卧

没必要夸大无花果与石榴之间的矛盾
不管开不开花，只要结出果子就是好样的
向日葵的幼苗喃喃自语
说将把爱献给至高者

你铲土的姿势，好像在跟大地拥吻
翻腾出了地球的香气
春天是出发的铁轨和枕木，一直铺设至秋天

直起腰来，看到太阳西斜
天空正缓缓拉上帷幔
一只黄鹂飞上刚开花的山楂树梢，并认为
那就是天堂

2019. 4

屋 顶

风拍打着后凉台的塑钢棚顶，雨下了一夜
谁在逼迫我
向前，朝那未知的目的地

风和雨，那么合拍
把天空和大地来演奏
合起伙来，撕去二月，换成三月
而我的心还停留在去年的秋天

风和雨正联袂
抨击着屋顶
生活中只剩下了风和雨
摇晃着穷人仅有的这么一座宫殿

2021. 2

种玫瑰的人

种玫瑰的人坐在江边长堤上
等待渡轮

行囊破旧，衣衫粗劣
双腿外侧隔着粗布裤子扎出血痕
手上结着怀旧的老茧
可是，他们种的是玫瑰

背井离乡，把玫瑰种在异乡，种在一条江水中央
一个小岛上
种在祖国的后院

笑声朗朗，面朝黄土背朝天地种玫瑰
日出而作日落而息地种玫瑰
在田埂上写十四行

与世隔绝，只跟玫瑰待在一起
挽起袖子，向泥土里的带刺灌木讨生活
而生活的意义，广大的玫瑰田，一个露天剧院

耕耘玫瑰田与耕耘玉米田
究竟有什么不同

玫瑰满园，是花朵的纯粹和形而上
种玫瑰的人，男人是亚当，女人是夏娃
既不大于玫瑰也不小于玫瑰
他们与玫瑰相等

成千上万的玫瑰从小岛向外扩散
乘轮船、火车和飞机
赶赴象征或隐喻的约会
所有终将逝去的美好都值得用玫瑰去纪念

玫瑰靠什么也不做来征服世界
而他们是种玫瑰的人

跟随种玫瑰的人一起乘上渡轮
一条大江在玫瑰内心低语
为什么你总是不快乐？因为你没有栽种玫瑰

2020. 9

桃　花

桃花在山坡，在水边，在茫然的风中
把一朵一朵的脸仰起来
看见天那么蓝

一首浪迹天涯的诗里
一定会有桃花
剑气从桃花的额前升起
鬓角凌乱

一只提篮正被奉献于神的脚下
清明之前尚有轻寒
满坡的桃花更像大地的内伤
透过黄土传递谶言

死者的脸在花丛中一闪
这个下午是一生中所有的下午

春天用宽衣大袖
把桃花收敛

2019. 4

在哪里

（拟费尔南多·佩索阿）

一个每天都是星期天的地方
一个没有钟表的地方

不必急于
从一天赶往另一天
把问号拉直成感叹号

风有天鹅绒的质地
太阳暖洋洋，扇着地球耳光

所有山巅都是看星星的露台
容许向头顶上的大海，大海中的幻象
深渊和虚无
致敬

一只落在地上的松果
念天地之悠悠

木屋建在溪涧
偶尔打一个漩涡状的嗝

失眠症被一语道破，不可在床上确立王位
只要让自己谦卑，变得抽象
就会酣然入睡

体内的表格和账目
被统统倾倒
在里面重新置下园圃
爱一朵雏菊甚于大好前途

2019.4

峪　谷

我在峪谷里行走
我会独自走上一整天

两旁崖壁森肃，上亿年记忆
隐含着司芬克斯的脸
抬头望见天空卸下
云朵和深渊

红叶大都被吹落
几颗柿子在光秃枝头孤悬
玉米金黄，晾晒在石坡，几乎被阳光引爆

我向峪谷申请
一天往返，在瀑布旁休憩
我向峪谷申请
宽恕之心和遗忘之力

宇宙还在那里，不会被拆迁
想到群星灿烂，想到沧海桑田
所有痛苦都释然

2019.11

山　泉

我的心要去泉边，那无名的泉边
山谷多么好，因有了无名的泉水而销魂

隐姓埋名于山中
由于不为人知而自由
在上方，有打瞌睡的云朵
风吹过描述活水和溪流的《诗篇》

从崖壁的潜意识往外渗淌
自以为已经睡着
不晓得其实醒着，是在冥想
把斜照过来的一抹阳光当作天启

脉脉细流扎根于岩石
永不止息仿佛是一种徒劳
在虚空之中保存了梦想

喜悦溢了出来
喷涌着细碎的花，究竟为谁
流向远方，流向宿命和未知，与谁相会

青苔生成了潮润的清寂

一只蜜蜂嗡嗡嗡，对一朵野菊诉衷肠

走过山谷的旅人
举着塑料瓶来朝拜泉水
曾经来此汲水的牧童
或许已老，已离世，坟头长满青草

有鉴于万物流逝，都将成空
我的心要去泉边，去那无名的泉边

2018.10

在长城下喝酒

在长城下喝酒，要一饮而尽

在长城下喝酒，狂风轻易翻越了命运的关塞

在长城下喝酒，与记忆的烽火台干杯

在长城下喝酒，从沙漠一口气喝至东海

在长城下喝酒，作为穷光蛋，多么快活

所有曾经爱过的人，都已忘记，不再有音讯

中年一下子变得辽阔

在长城下喝酒，落日滚圆，磅礴

夜幕缓缓垂下

抬头望见天上的工厂

2019.9

大峡谷

是谁，把这样大的苦闷，砌在了群山之中
第一眼看到它，想哭

如此孤立无援
不需要任何安慰

沦陷的沟壑，绝命的悬崖，上万册页的褶皱
试探着的深渊
均保持强硬之姿，以维持西风运转

所有骇然的断裂
都带着毁灭的勇气

地球竟有如此宏大的叙事
把腹腔硬生生地剖开
将脏器翻过来
矿物也有神经，受着煎熬

苦情的大地有着未卜凶吉的沉寂
怀有搬迁和移动的愿望
这是痛苦的最高级别
受难开创了新世代

从顶部看，一台台宏伟的书桌安放
该供怎样的君王使用
而侧面陡削成裂谷，形成伟大的贫困
由东到西绵延
模拟当时的疼痛、惊恐、耻辱和不屈服

岩石搬运着岩石的命运
时间在一块块红色峭岩里
因精诚而成为时间自己的墓碑

从中间横穿而过的那条河
怎样颠簸，怎样背井离乡，才能注入大海

一只俯冲的鹰为展示灵魂的风度
绷紧了空气的神经
一只大角羊奔跑过危岩
情急之中，把螺旋状犄角当号角吹

似一座巨城的废墟，亿万年之后
硝烟依然弥漫
那些神庙、寺宇和壁垒
膜拜着头顶的云
那些镶了金边的刺绣

爱恨情仇已经消退，这里静悄悄
仿佛睡着了，把天空当成分娩它的子宫

而此时，夕阳被峡口割断了喉咙
激烈的光芒几乎令世界失明

2018. 9

天文台

对星空的渴念如此焦灼
为了离天空更近些，天文台建在山顶

地球的瞭望台
等待星辰的风暴

圆形拱顶从内部模拟苍穹
天文台有一个朝向无限和永恒的天窗
时间和空间压缩进望远镜
光年是通往天空的征途

对星空怀了相思病
磅礴的孤独里夹了一丝清凉
那些星辰无牵无挂，可听得见地球上的呼求

天空不再枯索，太阳用金线编织草帽
患了感冒的月亮戴着晕圈
火星上刮沙尘暴，土星系了金腰带
木星有棒棒糖的花纹
海王星和天王星在比试蓝和绿
金星步履缓慢，默念哥白尼和伽利略的名字

是谁拿着鞭子，像抽打陀螺一样

驱动这些星球，永不止息

星际交通拥堵，太空内忧外患
银河系出现了大裂谷
流星雨滑落，有耀眼的悲伤
计划在陨落之时尽可能地击中死亡
大地上峰峦肩并肩，风屏住呼吸

气体、尘埃和颗粒在茫茫黑暗中行进
惊心动魄地炸裂开来，使绚丽的呐喊充满宇宙
猎户座上的外星人
正举起望远镜朝这边观望

人类忙得四蹄翻蹬，使地球旋转得更快
并设想在太空中寻找一条新的轨道
如果地球倒转，太阳将从西边升起
有朝一日地球停转，能否造成人仰马翻

天文台思念星空成疾
在宇宙拐弯处站岗，与每颗星星促膝长谈
它的理想像诗一样伟大而无用

虽然有低于海平面的罪过
但是，请宽恕人类吧
看在他们喜欢仰望的分上

2018.9

风 声

听我说，这是徐霞客来过的村庄
他在这里住了七天
那几天一直下雨，他喝茶，吟诗，抄县志

这是他旅行的最后一站
他在这个极边的村庄结束一生的出游
打道回府，再也没有出过家门

听我说，徐霞客因失恋而开始旅行
只有山水可以治愈这伤痛
其实是爱情，让我们有了一本伟大的游记
这是我的考证，信不信由你

天气晴好，我坐在村口吃一碗清汤饵丝
炮仗花从墙头垂下
旁边的屋宇有飞檐，挑着一朵白云

溪水不懂道观的严谨
老樟树下，未完的棋局里有几百年风云

石板路的尽头
一片蚕豆田，没了蚕豆，只剩秧苗

竹林旁的木板屋老掉了两颗门牙

小村依然旧时模样
功德圆满

他望过的那片天空，我又来望
连风都是吹过他的头顶，又来吹过我的头顶
一定有什么讯息在那风声里
让我有点儿想哭

2018. 12

落地窗

午后，在一楼的落地窗前站立

园圃里的植物，隔着玻璃

几乎长到了脚背上

这是一方被水浇透

被风吹得轻盈的园子

初结的果实则加大着

这个下午的重量

天地之间有一种微妙的平衡

立在落地窗前发呆

夏天无比盛大

草木用各类方言在漫谈

一枚黄瓜叶子挡住了

两粒西红柿的仕途

茄子在翻起的领口后面，在斗笠下

憋紫了励志的脸

阳光爱瓢虫，瓢虫爱鹅绒藤

蚯蚓在把地球整改

被花粉蒙了心的蜜蜂

正从一朵栀子飞向一朵茉莉

在全城最清澈的房间

朋友郊外公寓的落地窗前

一架飞机出现在天上，它被梦想拽着

飞过之后，园圃就沉寂和幽暗下来

手机铃声忽然气壮河山

这些年，每当有人问：你在忙什么？

我几乎总是回答：发呆

2019. 6

去看海豚

在遥远的海上
有海豚出没

脊背驮大海
头顶有孔，有喷泉般的呼吸
灵魂深处的空灵之音，不亚于塞壬

追随至船舷
在水面上拼写：早安

船慢下来，屏声静气

赤裸着卡通的身子，跑出大海的房门
患梦游症，伸懒腰，表情迷糊
有铅笔描画的微笑

那些有了身孕的，面容慈祥
海里的时光比陆地上缓慢

海浪被劈开时，以为是在过红海
侧身瞥见天上的星辰
发现了命运的布局

无所事事地漫步

在海上大道

成群结队，在海里施洗

谈及永恒

船屏声静气

忽然列队跃出水面，在半空翻转

激情四射的弧线，飞了起来

向太阳献上祝福

流体力学是对自由表达热爱的力学

潜回海中，喃喃自语

浑身散发乳香，从来不穿衣裳

一个海没有海豚是不可能的

风改变了方向，它们能否找到故乡

坐船到遥远的海上去吧

海豚深陷在忧郁的蔚蓝里

2018. 11

窗外的小山

你好，窗外的小山
我的房屋与你
相隔两三里的湛蓝
顶着同一片云彩

窗外的小山，每当夜晚降临
你的头顶总是佩戴着星星
像一顶皇冠

你好么，窗外的小山
我在屋檐下睡觉，起床，读书
望得见你的小径与河谷
我一年一年地老去，你也看见了吧

走了七大洲四大洋，却走不出烦愁
无法把虚空穿越至尽头
未曾亲临你，窗外的小山

小山，总有一天我会走出房门
去登攀你之巅顶
从那里眺望一下我的房屋和窗户
望一下里面的那个我

窗外的小山，你好么
世界正在膨胀
你为何独自屹立，为何沉默不语
为何表情总是保持油绿与灰褐

窗外的小山，从未靠近而日日相望
仿佛你是地球上最后一座山
是人世的终点

2019. 6

疯　友

一出房门，我们就开始奔跑
在空气中嗅到丁香

心脏并不是在匀速地机械地振动
它不是钟表，也不是马达
而是身体的国王
旗帜逸出体外，飘扬

我是你的疯友
疯癫里有庄严
满世界寻找所爱
累了就找一个溪谷坐下来，用比喻写信

我是你的疯友
脚不点地，活过半生
用正常人身上的疯子部分，去爱
离天空越来越近，离地面越来越远

你是我的疯友
把菜地当圣地
每天黄昏，俯身抚摸并亲吻秧苗
用跟写论文完全不同的语言聊天，叽里咕噜

你是我的疯友

混在人群里佯装正常，已有多年

当世界按顺时针或逆时针行走

你却从那个表盘圆心，直穿而过

自古射手爱水瓶

让我们来加微信疯友吧，并互相点赞

2019. 5

寄自峡谷的信

我在西北的峡谷之中给你写信
而你此时在远远的、远远的东部

深入地球脑壳，探求伟大的记忆
峡谷里有密码和索引

岩石的波浪，岩石的脑回路
沾有时间的锈迹和青苔
天空窄细，阳光照进来，如一柄剑
使两壁斑斓

风在峡谷内部吹响萨克斯
巨石辐射出的凉，有依依惜别之意
峡谷有很多方式拼写出秋天
小野菊堵在峡口，等着被寒风撕碎

路过水洼，鞋袜沾湿
偶尔打瞌睡，恍惚回到少年
我要在此住一阵子，吃番薯度日
写一些并不发出的信
没有公务，没有生计，唯余自有永有的亘古

2019.10

看望那孤僻之人

去看望那孤僻之人
天空和风都在说：这巨大的不幸

那人走出大山的关隘
在命运的旅途不知所终
他走得太快，比时间往前快走了半步
致命的半步

他的故里一定有什么保存
被岁月湮没的，岁月会偿还吗

整个村子在午睡
他家院宅，那倔强的废墟
在烈日下陷入对未来的追忆

茅草高过木窗棂，遮挡檐上的浮雕
想掩盖他的名字
孤僻之人，连墨写的史籍
也可以傲视

碾盘在前院，碾磙子去了后院
它们或许相当于历史的石板路与车轮

从日历中走失，从钟表里逃掉
只在个人历法里生和死，向明天变卖掉了
所有好风水

颓墙边，枝上青杏小，使空气酸涩
木枣树用细碎花瓣轻轻吟唱
一簇簇蜀葵开得心悦诚服
忘记了自己的原乡

草木莽莽，独爱那不被人爱的
孤僻之人

2019. 6

童年的河谷

一条小溪微服私访，被一条河流照单全收
另有一条运河一路唱着去了大海方向

三条河以横卧之姿，顺从众丘陵的意志
渐次推进，有了河谷

你出生的房子，石头紧绷
跟踪那些显露和退隐的星星
你上过的小学在栅栏后面
有一个独自的领空

你在池塘边钓梭子鱼的时候
抬起头望见打谷场，场上堆着谷捆
小动物窸窣其中

你用词语给了动物们
一个不朽的身体

狐狸在白纸的雪地上
留下了爪印，而雨中鹰
把稿笺当成命运悬崖来搏击
乌鸦以黑色来突破

纸的白色牢狱，云雀克服地心引力
从纸页的陆地上起飞，最终又降落
返回到纸页

你写给一个人的生日信札
从未压得住万千纸张的纷乱和战栗

唯有被写的动物是幸福的，你离世后
它们继续活着
你的童年完好无损
在这河谷之中，躲过了时间的追缉

2019. 9

永 别

在你弥留之际，我就不去探望了
你不喜欢人来人往
我不是医生，也不是牧师
无力回天

你的葬礼，我也不去了
作为普通人，你有未亡人
万一你是曼德尔斯塔姆，不止一人愿意
去扮那伟大的遗孀

而我则是那陌路，二十年来绝少把你想起
以地图册为家
流浪在自己风雨的中途

也许我会去你的墓前
献上一束顺手采来的野菊
遮住墓碑，就像遮住你病瘦的脸庞

记得当时年纪小
记得一封封手写信札在空中飘
绿色题头的纸笺，八分钱的长城图案邮票

每一个人都是将死之人

所有冬天只是同一个冬天

世间最终剩下的，唯有那把六朝送走的

流水与青山

2019. 5

悲　歌

大地上没有你的墓碑
你身在何处，或许挖土机知晓
人类文明的指南针和勘测器
能把你找到

哪里是你住过的地方
山坡上的窑洞，朝天空大敞

你不过是一个孩子
居住在童话里
大声说出了人人皆知的事情

你连一个信使都算不上
只有时间愿意为你抬棺

秋天越来越深，漫山野菊开得正好
没有野百合花盛开

等到大雪纷飞，埋在泥土里的根茎会发痒
除了羊蹄，没有谁来丈量雪深
除了信天游，没有谁知道天地的惆怅

2019. 10

天黑了，下雨了

天黑了，下雨了
铁轨叮当，火车停下又开走了
我迷失在红砖之城，拖着拉杆箱

夜和雨，竖起两道铁幕
一个人走路，就是要勇敢

没有人认识我
我与这城的唯一联系是：少年时即知晓
它是蒸汽机和火车的老家

从一座桥下走过，车轮从我的头顶
奔向远方

一条运河联通大海，运载过
另一个大陆的棉花

工业革命的铁锈味
仍悬浮于一棵棵老橡树

所有人都喝着啤酒谈论足球
仿佛谈论着人类的未来

小客栈表情朋克

电梯运载拉杆箱和它的女王

一只汉堡加一杯咖啡

天黑了，下雨了，离家那么远

2019. 9

海边书店

涨潮了，海水漫过沙滩
和三棵椰子树
抵达书店的自动感应门

那扇透明得仿佛不存在的玻璃门
将为整个大海开启

海水呈天堂蓝，上面同样蓝的天空无所作为
蓝是宇宙底色，谁在上面书写

海潮继续上涨
一个大海正涌进一家书店

海水粗重地喘吁
压过书本一页一页的呼吸
众多书页忽然折叠，变成了帆

世界会松开我
橱架的最高层，有一本书
可使我行走水面，水在左右作墙垣

大海涌进来

大海发表演说，歌颂自己的存在

大海涌了进来
太阳俯身，齿轮加快了转速

大海打开了地下室的窗子，书店打开了门
每一本书也都打开了户扉

在风和涛声的伴奏之下
一个又一个词语，从波浪上飞起，并俯冲
那么多的言外之意

2019. 8

航站楼

航站楼，请送我走，请让我离开此地
把我送至天空，送往远方

我向往天边的浮云
想摆脱人世的困厄甚至地心引力

显示屏上的地名在闪烁
你的乡愁是全地球
请把我带走，带往任何地方

在安检口，金属探测器将我赦免
前往登机口的途中
免税店的香奈尔 5 号属于别人的世界观
星巴克咖啡才是我的哲学

这座建筑没有尖顶却长了翅膀
有一飞冲天的信仰，永远在仰望
与上天签订协议
对每一架飞机充满人文关怀

给我一张登机牌，送我走
给我一条通道，送我走

给我一架波音 747，给我速度和力量
给我一个望得见云的舷窗

无论建筑语言是一只飞鱼还是一棵树
航站楼，请把我发射到远方
并且等待我的归来与抵达

2018. 12

山　涧

从这里，看到大山孤寂的脊背
一只雨燕竭力飞越之后
再也无力飞回

时间被囚困在山涧之中
让流水替它说话

溪瀑淌过倾斜的巨石，上有美艳的花纹
赤脚踩进水中
从阳光里借出一朵金盏菊，戴在额角
小心，不要滑倒，不要四脚朝天

树林在仰面，从天空中读出了茫然和徘徊
谁会那么盛大，从高处向下望着我们

一座古桥，栏上浮雕在苔藓中已模糊
如今它最爱的是落日的余晖

当走出山涧的峡口，来到盘山公路上
时间又被释放了出来
此时想代替它，来说话的，是——风

2019. 6

暮 色

太阳西沉，月亮东升
隔一座山和一座县城，点头致意
在天空中交接班

被踢了一脚而一直在自转的地球
此时，把四四方方的暮色铺展在
你和我的头顶

天微蓝，树枝成为黑色剪影
一小簇野菊，几乎看不清了，仍坚持把涩涩清香
带给鼻孔和心

太阳继续下沉，血染地平线
月亮还在上升，撑起一个拱形

我们已经来到了这一天的边远州县
两个人被一种永恒的惊悸
捆绑在一起

天真的黑了，得加快脚步
大地沉寂，似有一句什么话将要说出

2018. 11

远郊之雪

雪从人迹罕至的山中，从村头
开始下起
下成一曲挽歌

雪轻抚着围墙、道路、房屋、碾磨、井栏
——它们皆为石质
时间漫长，被石头铭记

光阴深陷进石头的缝隙与肌理，像文字陷入纸
使石头有了体温和光亮

雪是一个神迹，与大地相濡以沫
使村庄愈加安静
让残垣断壁预见了来世

老榆树年轮里有过往的繁华
留守老人望着云天，把残年度完

古庙坍塌，剩余的土坯和石块
支撑着信仰
文白夹杂的老戏台，忽想婉转亮嗓

石桥在村口，有拱形的企盼
下面没有水流，有隔年柴垛，有麦苗青
村外核桃园，落光叶子的大树
在寒冷中耸着肩

路过一大片坟地，泥土底下的手很想伸出来
掸去墓碑上的雪花
不远处山坡上，白色风车在转
以风的名义

当雪停了，夜幕降临，星光会替代良心
高悬在村庄的上方

2018.12

恳 求

你见过穿着笔挺的燕尾服
蹒跚走路，站在巨大冰川上的企鹅吗
它南面的家已满是泥泞

你知道白色的北极熊吗，它越来越瘦
正怀抱幼儿，蜷缩在一小片浮冰上
等待方舟

上亿年时间，一点点地融化，退出空间
空间瓦解，消散于时间的茫茫之中

冰冷的美艳，向着未来，发出叹息
企鹅和北极熊，在地球两端，一次次含泪恳求

2020. 6

送路路去北碚

备好琴剑书箱和盘缠，带够干粮
此去万水千山

钻多少隧道，过多少桥梁
才能从渤海到大西南
把火车不停的那些村镇都标上记号
吟诵李白的《蜀道难》

如果你要飞，也行
波音或空客打个喷嚏，扬长而去
向舷窗外看云，天空前程远大

众山演讲，两条大江拉钩许下诺言
雾减轻了楼群的重量
折叠的码头打开，终于把你等来

黄桷树在墙上撑着伞
树下传来歌声，歌里有一朵山茶花

你吃泉水豆花和竹筒饭的时候
熊猫在吃竹子

生物工程、英语、数学、化学
再加一个帅男生
统统放进火锅，人生多么麻辣烫

但作为白羊座，务必管好自己的角和蹄子
不可成为一只疯羊
风一直朝故乡方向吹拂着你的衣衫

感觉去的是过往
记得拜访一下雅舍和多鼠斋
问候二位先生

巴山夜雨，如果想家
可以微信视频

2017.9

母亲节

多日不见，亲爱的阿花
你走过篱墙，步态比先前雍容
全无去年冬天雾霾里的幽怨

四只毛绒球跟在你身后
在豆棚瓜架下欢快地滚动
其中两只已经开始
练习爬树

相隔一个春天，你竟做了母亲
在流浪途中，没有耽误青春

天空从未像菜园之上这样蓝
云朵从未像山楂树之上这样白

你的孩子只知其母而不知其父
认识母亲，已经足够
谁敢否认，连我们居住的这颗星球
也属于母系血统

儿女跟随你去流浪
踏上伟大征程，在通往自由的路上

风雨兼程

阿花，值此母亲节
一个没做过母亲的人
祝你节日快乐
院子篱墙上盛开的蔷薇花，统统献给你

2020. 5

雨后，在山顶

雨停了，天空和大地的账已结清
谁不爱小山那湿漉漉的胸怀
它将我们举了起来，举至它的头顶

山顶的石桌前，我与母亲之间
相隔二十四年
时间长出了蘑菇

朴树被雨水压弯了自我
柏树清香里略带庄严

石级向上的努力中隐含逃避
一座亭子并不能阻止岩崖追求凌虚

我和母亲在说话，越说越多
一场雨过后，在山顶，在空气中
仿佛有一扇门敞开

2020. 7

陪母亲重游西湖

这一次，是我和母亲乘电瓶车
快速翻页，浏览西湖
一目十行，过目不忘

上一次，是十五年前，微雨的深秋
以脚步丈量西湖的周长和半径
那时父亲还在，指点江山

那次我犯偏头疼
躺倒在白堤的草坪，望向天空
父母围在身旁，我的疼痛里有故乡

那次游西湖之后，父亲又活了三年
此后母亲独居，我成半个孤儿

电瓶车正开过北山路
我忽然指向孤山的斜对面：
看哪，那是我们三人住过的新新饭店
当时预订它，只因胡适先生住过

那年在湖畔买的丝绸，还绕在我的颈上
那年的杭白菊，已无法在世间找寻

2017.4

芦　花

芦花摇晃着秋天
唯有天堂，是静止的

在一大片白茫茫之中，偶有缝隙
可见到天空的蔚蓝

草本的笔直的表情
最后想法放在了浅水的坟茔上
芦花的头发和衣袖里面
盛满了风

风里有命运
命运是醒着的

停顿，弯腰，倾侧，伏倒，朝同一方向归顺
它们仿佛在奔跑
不但没有成阻力，反而加快了风速

孤独凭借芦花，芦花凭借风
在开口说话

芦花掩埋了自己的道路

风从无形变成了有形
谁的心在与它们一起押韵
在恍惚

共同抵达沼泽的另一岸
地平线远远地横卧，那上面的夕阳那么悲壮

2017. 10

抱着白菜回家

我抱着一棵大白菜

穿着大棉袄，裹着长围巾

疾走在结冰的路面上

在暮色中往家赶

这棵大白菜健康、苗壮、雍容

有北方之美、唐代之美

挨着它，就像挨着了大地的臀部

我抱着一棵大白菜回家

此时厨房里炉火正旺

一块温热的北豆腐

在案板上等着它

我两根胳膊交叉，搂着这棵白菜

感到与它前世有缘

都长在亚洲

想让它随我的姓

想跟它结拜成姐妹

想让天气预报里的白雪提前降临

轻轻覆盖它的前额和头顶

我抱着一棵大白菜

匆匆走过一个又一个高档饭店门口

经过高级轿车，经过穿裘皮大衣和高筒靴的女郎

我和我的白菜似在上演一出歌剧

天气越来越冷，心却冒着热气
我抱着一棵大白菜
顶风前行，传递着体温和想法
很像英勇的女游击队员
为破碎的山河
护送着鸡毛信

2009.1

山　上

我跟随着你。这个黄昏我多么欢喜
整个这座五月的南山
就是我想对你说出的话
为了表达自己，我想变成野菊
开成一朵又一朵

我跟随着你。我不看你
也知道你的辽阔
风吹过山下的红屋顶
仰望天空，横贯南北的白色雾线
那是一架飞机的苦闷

我跟随着你。心窸窸窣窣
是野兔在灌木丛里躲闪
松树耸着肩膀
去年的松果掉到了地上

我跟随着你。紫槐寂静
蜜蜂停在它的柱形花上
细小的苦楝叶子很像我的发卡
时光很快就会过去
成为草丛里一块墓碑，字迹模糊

我跟随着你

你牵引我误入幽深的山谷

天色渐晚，袭来的花香多么昏暗

大青石发出古老的叹息

在这里我看见了

我的故国我的前生

2003. 5

两公里

两公里等于两千米。

不是两千米的跑道

也不是两千米的旅途

是两千米的春光和向往

两千米的汉乐府。

你来的时候，无须乘舟或骑马

只需安步当车，穿过茂密起来的国槐绿荫。

夕阳给两公里镶上一道金边。

两公里不过是一页铺开来的稿纸

（或者两公里的竹简，两公里的帛）

你就当是从那头写到了这头吧。

空气中有五月沙沙沙的响声

你这个人是最好的汉字，风的手写体

你用穿棕色皮鞋的脚步做语法

让句子辗转在方块砖的地上

每次拐弯都可看作一个自然段落

我的小屋是最忠诚的句号，端坐篇尾

而我，是那小小的落款

正在棉布裙下等你。

2003.6

火车站

它的人群苍茫，它的站台颤动
它的发烫的铁轨上蜿蜒着全部命运
它的步梯和天桥运载一个匆忙的时代
它的大钟发出告别的回声
它的尖顶之上的天空多么高多么远，对应遥遥里程
它的整个建筑因太多离愁别恨而下沉
它的昏暗的地下道口钻出了我这个蓬头垢面的人
身后行李箱的轮子在方块砖上滚过
发出青春最后的轰轰隆隆的响声

2004.9

木 梳

我带上一把木梳去看你

在年少轻狂的南风里

去那个有你的省，那座东经 118 度北纬 32 度的城。

我没有百宝箱，只有这把桃花心木梳子

梳理闲愁和微微的偏头疼。

在那里，我要你给我起个小名

依照那些遍种的植物来称呼我：

梅花、桂子、茉莉、枫杨或者菱角都行

她们是我的姐妹，前世的乡愁。

我们临水而居

身边的那条江叫扬子，那条河叫运河

还有一个叫瓜洲的渡口

我们在雕花木窗下

吃莼菜和鲈鱼，喝碧螺春与糯米酒

写出使洛阳纸贵的诗

在棋盘上谈论人生

用一把轻摇的丝绸扇子送走恩怨情仇。

我常常想就这样回到古代，进入水墨山水

过一种名叫沁园春或如梦令的幸福生活

我是你云鬓轻挽的娘子，你是我那断了仕途的官人。

2004. 9

也许我愿意

也许我愿意
每天和你在一起
放鸭子。
我后半生的心
是一块擦拭得锃亮的
窗玻璃。
我们一大早就去了不远处
那条心地单纯的小溪
太阳在皮肤上涂上一层
深色的釉彩
健康的青草漫过双膝。
我愿意
每天黄昏听你
用口哨集合起鸭子回家
那时大地多么沉寂
落日多么辉煌、壮丽。
由于水草丰茂
我们的鸭子长得太大，几乎像鹅
只是头顶上缺少红色王冠
那才是鹅的标志。
我们不擅管理
使得鸭子们全都跟我们一样

信奉生活中的诗意

渐渐夜不归宿，踏上伟大的流浪之路

哪管快乐和失意

就这样，它们从人工养殖过渡还原成了

野鸭子

把自由主义的蛋，一颗一颗地

产在无边的草丛里。

2006. 7

庭　院

客人刚到，站在庭院里，与我隔着窗户。
我没穿鞋就跑出去，脚步摇响
一串系在柳树上的风铃
它在这个清晨的空气里寻找路径，传递一个春天的祝福
同时摇动的，是一只高挂的筒状食物笼子
它宴请啄木鸟、冠蓝鸦和松鼠。

客人跟主人低声交谈，并未因我的到来而结束。
草坪刚刚修剪过，从伤口里散发出浓重香气
地上很干净，没有一丝尘土
一只七星瓢虫走着的，是由紧挨的簇簇兰花铺成的道路。

客人笑容闪亮，那一刻我知道我的迷糊，我的坏和错误。
我还知道，墙角那棵两年前才移栽过来的，是一棵桑树
它的籍贯是一个东方古老的国家
站在那些枝叶下面，我的名字就叫罗敷。

客人望着南面一小洼水塘，说起出行计划
我则把头仰成了九十度
啊，天空那样明亮，那样幽深
我怎能相信，那朵白云、那只高飞的鹰、那缕橡树顶上的
　　南风

会跟这个庭院没有关系，它们的心一直都在别处？

2006. 7

青檀树下

你可知道，这棵千年老树

扎根在石灰岩的缝里

名叫青檀

它是制作宣纸的原材料

体内该藏有多少天下文章锦绣河山

我们坐在树下喝茶

用的是木鱼石茶具，石料就采自这山中

茶叶叫灵岩青，产于不远处的茶园

沏茶的水离得更近，顺着这棵青檀的裸根往北看

舀自七步以外的那眼清泉

烹茶时点燃的是酸枣树枝

由樵夫晃晃悠悠地挑来

你再看，我这一袭布衣的倒茶人，那么勤勉

也是地地道道本地产

这个秋末的午后，风多么清，天多么蓝

一只狸猫在菊花丛里卧眠

客官，不要急于上路，请多喝几盏

过了这个村就没有这个店

2006.10

山 坳

秋天正在破产，颜色更加鲜艳
大地的身体里打捞出了一座宫廷
这个在地图上尚未标出的地点，我喜欢。

周围山冈耸立，现在已走到了最凹陷的位置
天是静止的，云是清虚的
溪头那座破旧的亭子应当写进县志
身边的大青石可用来醉眠，这些我都喜欢。

那阳光的恍惚，南飞的绿头鸭的哀愁，石板路的蹉跎和
　　蜿蜒
山那边传来一辆拖拉机突突突突的埋怨
我也喜欢。

如果你唱段京戏，用长腔把我绕进去，让我回到出生以前
让我的身体一咏三叹
我会更加地喜欢。

2007. 10

那飞机上的人

那飞机上的人，正越洋飞行
穿过气流、云朵、霞光、暮色和时差
把旅程一千公里一千公里地汉译英

他倚窗看云，并不知道此时大地正害着病
大地感到自己薄薄的无力，像一张纸
地心引力无法挽留住一架飞机

燕子和麻雀都没有机票，刚开的紫罗兰也没有
山陵、河流和沼泽地已把护照丢失
春天在安检口止住了想哭的念头

飞机正把胸中的蓝色布匹缓缓铺展开去
坐在上面的人，在吃金枪鱼三明治
坐在上面的人在喝咖啡

那飞机上的人啊，从亚洲开始入睡
在欧洲，在北极上空做了一个小小春梦
一直睡到北美，把大地忘得干净

相隔了三万英尺
是的，大地既不怨恨也不欢喜，更不扬尘

只是静静地，害着病

2008.4

山中信札

我要用这山涧积雪的清冽
作为笔调
写封信给你
寄往整个冬天都未下雪的城里

我决定称呼你"亲爱的"
这三个汉字
像三块烤红薯

我要细数山中岁月
天空的光辉，泥土的深情
沟壑里草树盘根错节成疯人院
晨曦捅破一层窗纸，飞机翅膀拨开暮色
世间万物都安装了马达

我在山中行走
每次走到末路穷途，都想直冲悬崖继续前行
我已经为人生绘制了等高线
我有地图的表情

根据一大片鹅卵石认出旧河床
在崖壁间找到一脉清泉

在田垄参观野兔故居
这些事情，我都急于让你知道

我要细说峭岩上的迎春花怎样悄悄绽放
有一朵如何从它们的辫子
攀援缠绕至我的发梢

我要写到灌木丛里的斑鸠
我真佩服它们
用最简单词语编写歌谣
总把快乐直截了当地叫喊出来

我要讲述太阳
如何下定决心晒我
从表皮晒至内核，把凉了的心尖捂热
把泛潮的小谎言烘干，等待风化
我接受了阳光的再教育

还要提及
每次经过一座躲在阴影里的孤坟
我都担心墓碑上的某个错别字
会妨碍灵魂远行

我要向你汇报
至今还没有遇见老虎
如果万一相遇，我会送它一块松香
跟它讨论一番苏格拉底

还必须说说令人不快之事
最边缘的一片山峦被劈开胸膛，容纳人类的欲望
动物们植物们正打算联名
起诉推土机

我想说，那些气喘吁吁的问题，我都弄明白了
并打定主意
向季节学习抽芽、萌长、凋零、萧瑟，向星辰学习闪烁和
　　隐匿
向地球学习公转自转

最重要的是，我要告诉你
经过了这样一个冬天
我依然爱你

在信的结尾
我要用一粒去年的橡树果当句号
落款署名小鼹鼠

我要趁着这山涧积雪尚未融化
快快地把这封信写好
让南风
捎给你

2015. 2

信号塔

信号塔矗立山巅，孑然一身
相邻的山头上，并无一座母塔与它匹配
独身也是出于对生活的热爱

一个人抵达山巅，还想继续沿钢铁架构攀至塔尖
触一下潮湿的白云，嗅嗅天堂的味道
替人类瞭望一下前程

信号塔不是巴别塔，它只望天而不通天
亦无资格像教堂尖顶那样谈论救赎
它其实类似田纳西那只坛子，让周围荒野朝它聚拢

信号塔上足了发条，令周围空气发痒，微颤
它通知天空一些人间讯息
偶尔也把天上的想法，转发给大地

它采纳风的意见，收集飞行器的心情
它把晴空万里的热度和亮度积攒起来，去抵抗阴霾
它有时截留电缆里的幸福供自己享用

一群蝙蝠穿越信号塔周围的暮色，返回山洞练倒立
这些瞎子自带超声波以遥感未来

只有人类才关心命运，往天上发邮件并渴望得到批示

信号塔仰望天空的力度超过哲学家和圣徒
它每天早晨向天空脱帽致敬
周围山峦全都鞠躬，齐刷刷地配合

信号塔耸立山巅，没给自己留后路
它只拥有一条通往上苍的虚空之路
那条路在时间之外，那条路两旁栽满了小白花

2015. 2

小山坡

下午三点钟，我仰卧在小山坡
阳光在我的上面，我的下面，我的左面，我的右面
我的前面，我的后面
阳光爱我

太阳开始偏西，我仰卧在小山坡
在我的上下左右前后，隔年的衰草柔软又干爽
这片冬末的茅草地如此欢喜
一个慵懒的人

我仰卧在山坡
坡度不大不小，刚好相当于内心的角度
比照某个诗句，把自己当成一只坛子
放在山东，放在一个山坡上

仰卧望天，清风、云朵、蓝天、喜鹊
一道喷气飞机拉出白色雾线
它们按姓氏笔画排列得那么有序
我还望见虚空，望见谁坐在云端若隐若现

天已过午，人生过半
我独自静静地仰卧在郊外的茅草坡

一个失败者就这样被一座小山托举着

找到了幸福

2016. 2

一群牛闯入高速公路

一群牛

出现在前方

真的是一群牛

出现在前方

（紧急刹车）

一群牛

闯入了高速公路

打算横过路面

到对面去

（紧急刹车）

放牛人挽着裤脚

小腿上有苦行的青筋

他用鞭子挥舞出弧形呵斥

揪着牛耳朵做思想工作

（紧急刹车）

一群牛出现在高速公路上

一次又一次刹车

让整个路面晕眩

一个个发动机焦躁地空转

发表无奈的演说

谁都拿这群牛脾气的家伙没办法

一头黑牛贴近隔离栅栏

考虑先迈四条腿中的哪一条

一头棕牛走到我们的车前

用犄角抵歪了一个反光镜

一只黄白相间的奶牛步履缓慢

乳房肿胀，充满慈悲

一头小牛走路不稳

紧跟在妈妈身后

有的牛闲庭信步

有的牛甩尾巴哼小曲

有的牛甚至与异性耳鬓厮磨

它们刚刚吃完草

正反刍着质朴的思想

从中发现真理

分瓣的蹄子蘸着新鲜的泥

给路面盖上了忠心耿耿的印章

汽车越堵越多

急得直跺轮子

气得吹喇叭瞪大灯

牛对这场骚乱全不理会

只是疑惑这些不吃草只喝油的铁牛

四只大圆圈形的橡胶蹄子

跑这么快，意义何在

牛不认为自己有什么错

更不认为自己是疯牛

这条刚刚开通的

把村庄一分为二的高速公路

尚未引起它们的重视
它们只是想抄近路
沿着过去的方向
像往常一样
返回高速公路那边的家

2017. 8

杜甫之死

把一家八口安置在一条旧船上

把宅院放在江上

命运在水上漂

还要漂多少昼夜才能安稳

还要漂多少里程才能停靠

怎么也漂不到陶潜的桃花源了

回棹而北上岳阳，与其说是飘零

倒不如说是想念中原

倒不如说是回望洛阳长安

倒不如说是为了离屈大夫更近些

倒不如说是

为了死

朋友们全无音讯

已没有力气返回故乡

饥饿使诗人敏锐

牛肉白酒最懂唯物论

集糖尿病、痛风、偏头疼、风痹症、肺病

肌肉萎缩、耳聋、疟疾于一身

他替整个国家生病

他的病在律诗里大放异彩

他老了，爱哭，写字时手颤

身体枯瘦得早已不像唐朝人

此刻，船行在冬天的疾风和大水之中
杜子美、杜工部、杜拾遗、杜少陵
伏在枕上写着绝命诗
每个字都是疼的
回棹而北上岳阳，与其说是为了活
倒不如说是
为了死
死在洞庭和汨罗之间
死在一条旧船上
那条船多么像他爱着的国家啊

2016. 11

致一位生日相同的诗人

今天是我的生日，也是你的
现在，我刚好活到
你死去的年岁

度过这个生日之后，你又活了
二十五天

举起酒来，敬你一杯
你的背后有群山，有矿脉
双眼亮如星辰，额上刻着不朽

贫穷和恐惧，是哀歌和十四行
写给他人的挽歌，最终为自己安魂
分不清何种语言才算故乡
祖国就是一直在路上

谁此时没有生计，就不必筹谋
谁此时单身，就永远单身
世界落入凡人之手，你生活于未来之中
人间最后一幢屋，周围栽着玫瑰

穿过泥泞，你被雪橇拉上山冈

身上睡着一个欧洲
你已将那个绝域破译
目的地是广漠无垠

风雪交加，这是严重的时刻
面对古老的敌意
诗人有自己的时间表
在最冷的冬日诞辰，并且死去

2020. 12

致一位捐献遗体的亡友

没有墓地，不知去何处缅怀
路过医学院标本室，我驻足，行注目礼

教了一辈子书，仍嫌不够
收场一举，你说要对人类做最后贡献

你笃信孔子并著述，为何独独忘记
"身体发肤，受之父母，不敢毁伤"
你不信耶稣，为何偏偏又
把自己送上医学十字架

爱说风凉话，不喜欢开会，脱离集体
到头来竟如此公而忘私
一辈子热爱花花草草
到末了竟由一场暴风雪来送行

请接受我深深的鞠躬——
一鞠躬，代表友人，我留着你的字条
二鞠躬，代表同事，大作摆在我的书架
三鞠躬，代表人类，我相信永恒

2020.1

铁路博物馆

十九世纪只剩下了一小段铁轨
说服档案将它记录

二十世纪是一只蒸汽机火车头
开足马力拉着疲惫的人类

一座大钟裸露内脏，整整一百年
卡在了里面

穿长袍马褂留长辫的工程师
以测量仪为信仰
为一个民族铺路

两座城，拼写着各自的名字
用千里铁路线
担起了一个半岛
海浪被荷载至内陆

各种型式的信号灯
举着正义

汽笛和风笛，不同规格的喉咙

拉响自由，开辟征途

站台把生别离搂抱在怀
走过天桥，就进入了风雨
祝行李安好，无论拎在谁之手

分别之前和分别之后，都要相爱
即使登车奔向单程的异乡

这里收集并保存着
聚首，流亡，中途邂逅，江湖相忘
这里陈列着败北与凯旋
从检票口走过的人，都已乘着列车
开往了天堂

曾经的候车室盛满了回声
墙体用巨石
跟遗忘斗争

曾经的售票厅，出售一张叫永远的车票
窗前法桐巨大，擎着虚妄
朝蓝天伸开臂膀

除了流逝，时间没有别的轨道
除了漂泊，命运没有别的故壤
远方，铺在枕木上

是火车唯一的方向

2021. 1

降　温

气温自有逻辑，跟谁也不争辩
水银的工作严肃而纯粹
智慧被困在玻璃柱里
大地正在写一部寒冷理性批判

跟爱过的人说永别，让对方成为传说
我忍受不了温吞的不忠，我要酷寒
索性跑到温度计之外
与朔风和冰凌为伴

让云朵冻住，传递不了信息
让冷成为一根刺儿，永存皮肤下面
空气僵硬，连忘却的气息也散发不了
房门砰然关上，我是我自己的壁炉

冬天需要最少的词汇量
浪漫的闲言碎语不合时宜
我不做诗人，我要成为哲学家
请求严寒把人生重新雕造，要有型有款

2020. 12

长　天

我的窗前，不是一个画框

而是一整个的长天

无论灰蒙还是晴朗

都朝横向扩展，也朝纵向延伸

太阳教导一棵泡桐，让它在春天穿上灯芯绒

这些全都衬着蔚蓝，像浮世绘

没错，我在屋里便拥有了长天

为了看到星星作乱，我同样也喜欢夜晚

2021. 2

发电风车

巨大的发电风车，在风中轰鸣
人站在它的下面
头顶传来虚无之声

发电风车身材颀长
朝空中伸出三条臂膀，用叶片形手掌
去跟风握手

发电风车靠什么存活
靠喝西北风，也靠喝东南风
无风时，肃立静默，祷告让风吹来
风来了，请求让风越刮越大，不要停下

距这只发电风车不远，还有其他发电风车
全都单腿站立旷野
理解着风的旅行和漂泊

风原本只想在天地之间观光
不料遇到了风车

执子之手，风转化成力量转化成电
发电风车与风，不像工作关系

倒像在恋爱

大地盈绿，天空瓦蓝
发电风车不停地旋转
切割着阳光
在地面投下命运的阴影

2021. 4

麦苗田里的朝阳

一轮太阳把东边那片麦苗田
当成了跑道

茫茫的绿映衬着寥寥的红
无垠平面托着呆呆圆形

一条小路通向麦苗田
一条小路通向朝阳

黑暗使出最后一点儿的气力
让风犁过原野

向着麦苗田和朝阳走去的人
悲伤压在肩上

日出被固定在云彩和麦苗之间
那人夹进了悲伤的层岩

太阳有巨大力气上升
那人正从悲伤里抬起头来

2021.4

钢蓝色的远山

车窗外，远山是钢蓝色的
把"嶙峋"二字，安放在那里
这样一排连绵的山体
将地平线来斩断

山巅之上的天空有一种力量
命令这一排山峰保持冷漠与镇静
时间就铸在了那钢蓝色里
把彼此来割破

山顶上风车也是钢铁的
高举着忧闷
当它们开始转动
几乎捅破云层的窗户

阳光想把所有坚硬表情晒得柔和
风想把一切吹拂得毛茸茸
我的手臂伸出纯棉衣袖
想把那一排远山摇醒

这辆火车开过去之后，铁轨仍在轻轻颤动
火车开过之后，这排钢蓝色的远山

可知春天已来？

2021. 3

旧时屋

旧时屋如今住何人，旧时屋可否记得故人
老法桐站在计划经济的楼头
哼唱 1980 年代的橡皮筋歌谣
风吹走时间，这人世最大的真理和谎言

水泥墙仍伴奏着途经火车的铿锵
往事被丢进楼门自带的井筒式垃圾箱
窗户由木质换成了塑钢
楼梯没有变，跟岁月一样发青发亮

脖颈挂钥匙的女孩把学上得叮叮当当
夜晚回到窗下，演算不可知的未来
如今她人到中年，由窗外朝窗内张望
不知如何与那个孩子重逢

下楼时，能一下蹦跳过七阶楼梯
十七岁离家远行，半生没学会好好走路
抬头望天，两朵云相视无言
分不清哪一朵是现在，哪一朵是从前

2021.3

第二辑

阳　关

二十一世纪的大风吹着汉代颓圮的烽燧
唐朝的一句口语诗悬在天地间：西出阳关无故人

我看见了什么？看见少，看见无，看见时间
看见时间把多和有变成少和无

我还看见写下那句诗时，那个长安诗人哭了
那个有雨的春天的早晨
犹如一封信函，邮寄至千年后的今天

阿尔金山在远处，爱着自己的白色雪帽
一条长长大路用丝绸铺成
倒换通关文牒，下一站即楼兰
和亲的公主最后一次回头，告别青春

风在沙漠上写下一个个姓名，又将它们掩埋
一只露出地表的陶罐是断代史的注释
惊扰了整个戈壁滩

只有红柳，胆敢与骆驼刺相爱
地平线不朽，地平线折不断，地平线永远横卧在前

是谁把我逼成了徐霞客，一个人跑出这么远
再也不会相见了，再也不会有音讯
故人啊，我已西出阳关

2017. 3

进山西

钻过隧道，一点点升高，进入晋文公领地
姿势放低，不可让身上携带的那个大海倾洒

平行四边形的大院，以山河来防守
谁能攻打这样一个省呢

河流会使性子发脾气，把自己当成瀑布
可是，谁见过一条大河揭竿而起

埋在地下的煤块使群山镇静
爱被裹进黄土塬，温厚的掩体，开了拱形圆天窗

一簇杏花撒在莽原的舌尖
甜蜜与苦涩在对抗中达成和解

车过大槐树，进不了家谱的我正打盹
除父母和祖父母，再往上全不认得，亦不会梦中相见

青砖灰瓦木窗，鞭影斜阳孤丘，一些老旧事物仍在
人到中年须强忍泪水，一如这黄土高原

天擦黑时，停驻某县城外的小饭馆

好的，我要一碗担担面，再来一坛老陈醋

2017. 4

夜宿平遥

赶在天黑之前抵平遥古城，投宿客栈
以碗面和榨菜丝充饥，一盏清灯相伴相亲

女扮男装，进京赶考
孤身一人，没有书童跟随
未带文房四宝，只携了手提电脑
至于箧笥，属卡通风格，有拉杆和万向轮

风刮过回廊时，挽起了它的长发
庭院的红灯笼跟天上的圆月，拥有共同的眼睛
一起疑惑地望着我：
这个女人为何一个人出远门？

木窗上雕着鱼戏莲叶图
我独占一张双人床，从未想过把国土分享

夜半，票号和镖局那边传来马蹄声
平躺着的我被拆分
肉体留在客房，手握的书卷掉到地上
灵魂则越过垛墙，出了城，一直向北，急奔雁门
目的是校勘山河，列一份清单

窗下，一只压抑了千年的蝼蛄诉说着
土腥味的苦闷，鸣叫是单曲循环
砖缝被它叫得已松动

这只昆虫最终代替小二
把我唤醒，同时醒来的
还有巷口的一抹苍苔，那是让一阵细雨唤醒的

起身卷帘，卷起一个夜晚一场睡眠
无论旅行到了哪个朝代，天色都已微明

2017.4

太行山

分不清天河梁、阳曲山、走马槽
只知一座连一座，统统叫太行

在高处，它制造悬崖和突兀
向天空和星辰宣誓
在半坡，它侍弄大片大片野花
说出最想说出来的话
在低处，它纵容溪水
安抚村落和牛羊

它的裂谷幻想愈合的可能
它的绝壁找不到退路
它的山脊上的石路伸向迷失和遗忘
它的腹腔里有煤块在缄默

既不属公元前也不属公元后
除了上苍，它什么也不信

落日新鲜，被它圆圆地扛在肩头
接着又砍去一半

初秋的风吹过高山草甸

拖着长长的裙摆

不必分清哪边是山西，哪边是河北与河南

如果对人世迷惘，请来太行

因为别处的屋檐都太矮，也不够敞亮

2017. 9

太　湖

天空和湖泊都用面积来表达自我
面对那么大的天，湖只有竭尽全力铺展
天低矮下来，原谅湖的有限

冷雨和暮色交融，共同定义人生
我把自己缩小成逗点，躲进命运的一角

灰云穿着丝绒的跑鞋
水边芦苇枯干，风吹着一排排不甘，一簇簇永不
在这个严重时刻，世界收拾残局
列着清单

蚕在太湖南岸的丝绸博物馆吐丝
我在潞村吃艾团喝青豆茶

十一月只剩下了四天
我把十一月的尾巴带到了湖州
身患甲减，随时会睡着，梦见自己并没有来

两个省张开双臂把一个湖合抱
一个湖被两个省宠爱
此刻坐在它的南端

才到达一天半，就开始想家

家要向北，再向北，湖对面遥遥对着的
只是无锡
一个人出远门，空着手
已经去过未来，如何还能生活于现在

2016. 12

火车一路向北

一列绿皮火车运载

一个人的后半生

一列绿皮火车

抛下半岛家乡的暮春，一路向北

往上个冬天之末撤退

火车一路向北

朝鸡冠顶，一点一点地移动

它移动的速度

正是我对往事忘却的速度

驶过松花江畔

丁香在暮色里恍惚

一只大列巴、两根红肠、一瓶格瓦斯

安慰我的胃，也安慰我的心

带着向北的信仰，车轮铿锵

窗外抽着石油的磕头虫，提示

正经过大庆

沼泽里的野鸭把自己当巡逻艇

落日红艳磅礴，那么爱国

过了齐齐哈尔，天完全黑下来

火车像把匕首，刺透夜晚

趁我打盹的时候

小部分夜色在途中从汉语译成了俄语

剧烈的摇晃使我醒来

已到加格达奇，正值子夜

鄂伦春人都睡了

樟子松支撑着星星

凌晨三点，还未到塔河，高纬度的天

已经大亮

火车继续向北

轰轰隆隆，声音坚定、稳重

使冻土层裂开缝隙

火车正穿过大兴安岭林区

呆萌的小火车站，摇着绿旗

一闪而过

山影踉跄，跟着奔跑

白桦林跟着一路连绵

光秃的树枝之间，空气静寂

这树木中的清教徒

整整一冬的睡眠多么美

达子香在冰雪之上

露出浅浅的笑意

冰块以正在溃败的意志

仍爱着河面

已是五月，春天竟来得

这样艰难

草甸中的水泡子，与天空比蓝

打了个平手

我把这蓝称作：天堂蓝

这蓝从低处、从高处、从高高低低处

围绕松林的绿

火车加速了，吹着笛子，临风一身轻

扭水蛇腰拐个大弯

车尾与车头终得相见

接下来又减速

一只背部有斑纹的小型松鼠

钻进了道旁的树洞

火车继续前行，速度若有所思

仰头望向窗外，天空悠远，大地深情

半生恍惚而过矣

忽然，咣——当——

车身快乐地颠了一下

清晨的阳光

鲜艳欲滴

终于泼洒了一身

哦，现在火车

已经抵达

终点站：漠河

2017.5

晚安，怀柔

晚安，怀柔
在长城的臂弯里安睡
那些时间的青砖蜿蜒着多么懂你

星群在这之上移动
那里有一个城，有一个国

初秋，枣树和栗树终于理解了天空
把果子高举在手中
至于云朵，爱怎样就怎样，由它们去吧
山谷的魂魄是一缕南风

今夜我投宿的地方叫怀柔
怀抱的怀，温柔的柔
它的周围，是山脊，是长城的铁腕

夜深了，怀柔，晚安，怀柔
我梦见一段城墙钻入水下又从水中钻出
梦见铁轨伸进山中
梦见石头房顶的草籽扎了根
梦见一个男人对一个女人说：是的

2019.9

约维尔小站

此时，约维尔小站，只有我一个人
落日正给英格兰佩戴上徽章

地球上最后一个人
等候世上最后一趟火车，开过来

时间沉睡在列车时刻表里
细长条形的显示屏翻腾着一些地名

候车室书架上安插着几本诗集
在无人翻阅时也发出回声，昭示未知和无限

四周寂静，从路基缝隙传来蟋蟀的琴声
是欢愉、纳闷和告别的合成

一列火车听从秋风的指令，将要进站
并打算凭借冲动，驶进远方的一场冷雨

小站是我头脑里的一个想法
生命原本可以如此空旷——我独自前行

2019.9

泰晤士河

可爱的泰晤士河，轻轻地流，轮船
从一座又一座桥下通过

过伦敦桥下时，一首儿歌哼唱
轮船的发动机心跳过速

沿岸一座座城堡间迷失着鸽子
泰晤士河轻轻地流，它有没有权利停驻片刻

历史向前流淌，文明把波浪叠加
船尾的废气永远拖在人类身后

那怀着深忧，把世界写成荒原的人
跟丁香胚芽一起从泥土里复活

轮船正驶过英格兰的前额
轮船还将继续沿着时间逆行，驶向罗马

天气转凉，风改变了方向
夜晚将临，星星高过两岸所有灯火

2019. 10

小城故事

阳光穿着宽松的袍子

从镀金穹顶拂过

我的心不在庙宇里

而停留在风铃木黄色的花瓣上

东方是金黄色的

配上一面古蓝的天空

悬挂一朵疲惫的云

在小城，啊在小城

我和我自己在一起

那些从苦闷出发

来到小城的人

苦闷终结在

一粒芒果之中

坐在咖啡馆发呆

任凭生活悄悄溜走

身体里有遥远和无限

在小城，啊在小城

我和我自己在一起

一位歌手在此离世

从此歌声绕树不绝

当有人在露台上忍受着长寿的乏味

早逝是一枚被授予的勋章

为了缓解人生苦难

一条条小街被涂抹了咖喱和青草药膏

十字路口供奉先祖和列王

在小城，啊在小城

我和我自己在一起

时间一点一点地

从旧城城墙拐弯处消失

落日终于把山巅遗弃

并原谅了护城河的哀伤

风歌颂着它自己

我整个人有一种由丝绸织成的感觉

在小城，啊在小城

我和我自己在一起

夜幕降临在我的隐姓埋名之上

从一幅未完成的画中逃出

进入到梦的避难所

一个远古文明的分支的末端

被一匹大象驮着

保持弱小是哲学

微笑是温柔者的利器

在小城，啊在小城

我和我自己在一起

与往事相连的丝线

纤细得只剩下一毫米

今夜就住在隔壁

说梦话只能用母语

把月亮揽在怀里

盖着星辰的被单睡去

一扇正对着虚无的大门

缓缓地从银河系开启

在小城，啊在小城

我和我自己在一起

2019. 3

苍　茫

祁连山披着史书里的雪，在阳光下瞌睡
隆冬的大地贫瘠，鹰的影子在上面幻映出虚无

天空近乎一块将要出现裂缝的蓝冰
沿途延伸的高压线内部有风暴

在苍茫之中，时间的马达是微弱的
一棵光秃的白杨孤立，举着钻天的梦想

西北风以双手撑扶着河西走廊的两壁而行
丝绸之路问我可愿跟它一起去唐朝

欧亚大陆深处，我的人生由波音换乘高铁
长河落日间遇王维，天地悠悠中邂逅陈子昂

2020. 1

空 旷

山在背后，前方是一条大路迢迢
积雪的清冽与阳光的明亮相交

谷地宽敞，一座寺庙在崖上悬挂了千年
把生死问题想出了一个大窟窿

白杨树大道尽力延伸，欲与蓝天衔接
麻雀起起落落，终生觅食
道旁的坚冰之下传来流水声，时近时远

岔路口忽现指示牌：药草村
真想趁着酒劲拐向那片僻壤，改变人生方向
在那里遇见古代的自己，在命里奔走

这旷远之地，仿佛在时间的背面
独自一人多么完整
茫茫雪原，把往昔和来日一起铺展于眼前
神不在任何地方，又无处不在

2020. 1

入　夜

赶在天黑前潜入张掖，月亮出来，顿变甘州城
博物馆闭馆，马踏飞燕停止奔腾，远放焉支山下

寺院虚掩，卧佛双目微闭，用打瞌睡来思索尘世
西夏的土黄草绿在时间里囚禁成青灰
一只汉唐的蠹虫在书中独白，通过注释连上了 WiFi

住如家酒店，在历史的虚无里熬夜并失眠
北风在窗外撞得头破血流
半杯酒使我壮怀激烈，来到前半生和后半生的分界线
一下子成为边塞诗人

彩色丘陵睡着了并且梦见了明信片
寒冷使夜空深远，从那样的高处往下看
今天不过是别样的往昔，所有往昔也都是今天

2020. 1

临海的露台

从人群走失，甚至不与自己相伴
我离陆地很远，离大海很近

心悬于海面，海面伸展在臂弯之中
太阳从左臂升起，从右臂落下
面朝大海，本身就是一场伟大的对白

整整一天，在露台上看海
空着手，什么也没有带
即使怀着轮船的征服之心
也无法与大海等观

改签车票，改签人生终点站
推迟了班次，推迟了整个大海

走过的路既远又偏
我深爱着我的孤单
背包里塞满无用和不确定
放着一碗泡面和一本《奥德赛》

2020. 10

高铁穿过秋天

高铁驶过孤独的山东半岛

穿过秋天的长廊

丘陵、河流、平原、海岸、田畴

都从口袋里掏出了真理

每棵树都遇上了债主

落叶纷纷，在空中画着句号

一排枯干的玉米，仍挺立垄上

冷风盛赞着它们的壮举

至于稗草，从一开始就看到了结束

决定弯腰顺服命运

大片的芦花，背后有一轮落日

静穆来自灵魂深处

一只山雀飞出稀薄的林间

飞出自己的苦闷

高铁像子弹穿过苹果那样

穿过半岛的深秋

西风吹走了十月

油画正褪色成水墨

海岸线，陆地的褶皱，出现得有些突然

变凉了的海水

横卧在转暗的天空下

倚窗而坐，世上没有比乘坐高铁更好的

穿过秋天的方式

是的，大地在道别

速度为场面增添了悲壮

一个不合群的人

正奔向版图尽头

高铁将至终点，一切皆成强弩之末

2020. 10

海上日出

黑夜结束了旅程，抵达目的地：黎明
海平线微微发红，即将临盆

我在海岬上，在寒风中，一声不吭
旁边渔民家的狗，对着东方轻吠
它和我，都知道接下来会发生什么

大海心脏在黑暗中收紧，使出气力——
劣弧，半圆，优弧，整圆，沾带血腥
缓缓地跃出了水面
背负起云彩的十字架

鲜红的一轮，独自狂欢
鲜红的一轮，从大海中昂首阔步地走出
一无所有又无所不有，鲜红的一轮
要升上天庭，要做王

颂歌响起，波涛弹着琴键
霞光快跑，快跑，直到天空的拐角

辉煌的车辇将从东到西，盛大地运行
下方的世界是为它而设的祭坛

除了行注目礼，就是围绕

面对如此磅礴的上升
我所有的悲伤，都不值一提

久久地站立并凝望，大约半个时辰
太阳碰了一下远处灯塔的膝盖
太阳的脸贴上了我的脸

2020. 10

信号山

冬天正扫着落叶

把山径廓清

那赭红色窄小台阶

歪扭着通向山顶

半山腰有一座平台

望得见大海

天空正俯身苦读着

不断翻页的典册巨书

有免费的午餐

阳光也不用付款

已过花期的凤尾兰

倾听我们交谈

继续走上山巅

塔楼靠石头坚固决心

发出持续的信号

对着苍茫和无垠

海鸥飞过头顶

惊扰了白云

风强调着中年的提纲

呼呼地穿过黑松林

2020.11

柱状节理

整整一下午，沿海边崖壁行走
寻找柱状节理
我们跟地球干上了
不放过它的今生前世

终于找到了一大片
玄武岩六边形棱柱
高低错落直立于海边
一排竖起来的琴键

站在那柱列的断面上
岩浆早就熄火，却在空间
留下了激情的形状
延伸到时间之中

根根棱柱，以遥远到上亿年的记忆
作为格律
凝固并连接成整体的倾斜
同时又与潮汐押韵

海浪一次次扑过来
想背上柱状节理

我们在柱头顶端小心地行走
如地壳运动中的两枚琥珀

2020. 9

我愿住进灯塔

在那海的中央，在那小小的孤岛上
有一座白色灯塔
日夜守望
翻译着波涛

我愿住进灯塔里去
做一个塔里的人
从早到晚读着
同一本书

我愿住进灯塔里去
丢掉年月日，只专心察看
海天的分界线
阳光的睫毛，夜晚黑缎上的星辰

灯塔额头放射精确的光芒
时空锁闭在内部，成为无穷
我是塔里的人
我不想出去

孤岛上的灯塔，就是我的家
岛上再无其他人

海蚀溶洞之中，停靠着
结盟的鸥鹭

现在是春天，小岛向阳的一面
野油菜花一片金黄
山蒜在石缝间
纤细地生长

2021.4

沙滩墓地

每一块墓碑都抓紧脆弱的堤岸
以免掉到海里去

野枸杞发芽，桃花斜斜开出几枝
掩映碑文，遮着逝者脸庞

海浪一排排冲过来
里面的人，几乎被打湿了脚踝
里面的人，耳朵听着交响

汉白玉刻碑，吸收并传递阳光
死后仍需温暖和祝福
里面的人，想沿着阳光的梯子
从深渊向上登攀

面朝大海，面朝天空
坐在蓝色的门槛

2021.4

海边松林

整个下午，在岩崖的松林之中
我俩卧在绳结吊床上聊天
望着下面的海

海在低处，海在不远处
海在小岛的臂弯

一大块垛状礁石，迎面矗立海中
与整个太平洋交手
棕色伤口塞满了贝类

黑尾鸥的叫声加大了
海面与天空之间的距离

阳光清亮
空气里有远见

仰起脸，看见交叠在一起的
松枝绿和天空蓝
去年的松果还在高悬

吊床晃悠，时光运行

体内有赞美的音乐
离开地面三尺半
人生变简单

整个下午，我俩都在海边松林里
听海浪和沙滩在谈判
风是仲裁

2021. 4

海　浪

半岛的春天毛手毛脚，风很大也很凉
这么大的海，竟被搅浑了

去年初冬搁浅在沙滩上的那艘木船
已经不见

海浪扛着旗帜，呼喊着
仿佛海军陆战队
一次次登陆，又一次次撤退

海浪不断地演绎缺席和在场
沙滩上的水际线在扩大

海浪把大海的门窗
推开又拉上

海浪是道路，也是奔跑者
海浪是西西弗斯同时又是巨石
大海对海浪说：
够了，行了

又过去两个时辰，才渐渐退潮

海浪携带的沉甸甸行囊
将海带、裙带菜、石花菜堆满了沙滩
原来，海的里面也有一个春天

2021. 4

第三辑

巧克力工厂

1

巧克力工厂相当于军事基地
孤独里有爆破的能量

厂房建在沙漠里
沙漠和巧克力均具有先验的热情
属于凝固着的烈焰
是尚未扰动的情欲之火
衬着洪荒之寂静，它们用沙哑的嗓音对谈

沙漠是荒野中的荒野
一半时间沉默，另一半时间哈欠连天
在这僻远之地，逼近地球真相之地
为了抵挡遗忘和消失
如果不种植罂粟，那就开办巧克力工厂

2

积木式厂房是这里唯一的豪门
戴着隐形皇冠

从天长地久的虚无里

提炼出纯粹与本质

在大门口，仙人掌刺破空气的硬核

使风成为抗氧化的风

地平线上的落日将甜蜜和悲怆

掺进了配料表

3

以模板化的工艺来制造

和平时代的弹药

一些让世人相亲相爱的弹药

车间里有回形和 U 形管道

输送激情或苦闷的思想

打棕色的嗝，吹棕色的泡泡，荡着棕色的涟漪

并以这种由天空、阳光和土地为三原色

调配出来的健康之色

向世界致敬

光线与风，作用于伤痛

打碎、融化、研磨、搅拌、冷却、成型

玛雅文明以这种方式来现代走了一趟

可可，是另一种生命之铀

是爱的哲学原理

太阳辐射的热力，热带雨林的氤氲

以克为单位贮存其中

4

苦是两道深褐色蕾丝花边

镶在甜的周围，固定住了甜的位置

苦和甜邂逅，意见相左

彼此记忆、遗忘、谅解，说"对不起——"

中间有一道分界线或一道缝隙

让味蕾下陷并且沉没

城府太深的命运

总在苦中才会觉出甜味

苦和甜，究竟谁是锁进巧克力的那个主题

广袤的寂寞，在舌尖上淳厚，有精密刻度

消除灵魂的寒意

拯救对于人生的困倦

让自己恢复成一台马达继续去爱这个世界

5

丘比特之箭的末端

如果不涂没药，那就可能抹巧克力

一下射中良人的心脏，令其思爱成病

良人，白而且红，超乎万人之上

至于童话，几乎是由巧克力制作的

里面或许还会有一幢可以吃的巧克力房屋

天气变热时则悄悄融化

蛀虫们有福了，它们必得饱足

螨虫们有福了，它们必得安慰

6

一块巧克力的内部

有裂帛之纹理

有光芒进入向日葵时的踌躇和决心

有肉身坠落又飞升的深渊和漩涡

有与天窗和后门相连的幽微

有沿着知觉斜坡滑向的轻盈的未知，神的家

巧克力的味道里有混沌，有鸿蒙

有拼音文字的喃喃自语

有伊壁鸠鲁的快乐和叔本华的伤悲

以及弗洛伊德的原欲动力学美学

有小小的灰烬般的幻灭

有穿越长长的幽暗之后的复活

有一个连通着拂晓的隧道，一个形而上的黄昏

7

不同于橘子糖、蜜饯和桃酥

——把甜蜜和芬芳挂在脸上的暴发户

连最没落的巧克力

也有世袭的爵位

可可含量意味着品格

一块飘着暗香的丝绸铺展

晚钟从远处传来

8

牛奶的，它理解春天的流水

果仁的，爱深埋心中，需要爆发

松露的，深入浅出地表达对于活着的喜欢

若加上朗姆酒，便成了义薄云天

黑巧克力，孤独到死

至于巧克力布朗尼的缠绵，从一开始便进入倒计时

每一种味道都是一个隐喻

比心境提早一步地蜿蜒而去，迤逦而返

在口中开出一朵花来

情不知所起，一往而深

一曲过后，华丽的尾音

坠入空茫和虚无

身心产生出微妙的化学反应

与世界签订和约

风最终吹散的是

一张剥开来又丢弃的不知悲愁的糖纸

9

对于巧克力的诠释可以是：

全世界的童年

友谊和爱情的伴手礼

对于巧克力的诠释还可以是：

情绪洪水中的诺亚方舟

上天赐下的另一种吗哪，陪伴人世的旷野

至于巧克力工厂

那一定是由一个被禁止吃糖的小孩

长大以后建立起来的

乌托邦

10

穿上锡纸的胸衣

装进有蕾丝花边和蓬蓬袖的盒子

这全神贯注的自白和孑然一身的圆满
西装革履

不顾买椟还珠之嫌
现实主义的爱有了浪漫主义的理由
最后还要系上缎带
以打消人们对于幸福的疑虑

11

请享用日光之下劳碌得来的好处
巧克力是人类的最佳抒情
请享用日光之下劳碌得来的好处
用提炼镭的方法提炼回忆
请享用日光之下劳碌得来的好处
宁可献出牙齿和胰岛素，也不要拒绝巧克力
请享用日光之下劳碌得来的好处
起来吃吧！因为你当走的路甚远
请享用日光之下劳碌得来的好处
永恒之巧克力，引领我们上升

12

一座沙漠里的巧克力工厂，生产固体的阳光
制造胶质的风
一座沙漠里的巧克力工厂

把阳光层层包装，将风密封罐装
今日赐给我们的
进入肠胃之中

巧克力工厂，核反应堆，驱动一场行动
巧克力工厂，因爱和怜恤而存在
巧克力工厂，在荒芜中找到了信靠
巧克力工厂，有可见的能量，亦有不可见的能量
而那不可见的，才是巨大的和永远的

巧克力工厂，业务横跨灵与肉、地狱与天堂
巧克力工厂，与自由同在

2019. 8

徽杭古道

1

一条道路锃亮，石板有光芒

一条道路窄细，在岁月里独白

一条道路穿插山峦，在丛林间变奏

一条道路在孤寂中绷紧心头之弦

一条道路是下降和上升的链条

一条道路想救赎众生

一条道路有工匠和手艺人的体温

一条道路是农历之路，二十四节气之路

一条道路是宣纸之路，竹骨绸伞之路

一条道路属于道路中的浮世绘

一条道路展策问奏议诏诰，也携《新青年》

一条道路就是蜿蜒和挺进的理由

一条道路，从来多古意

一条道路，无尘野菊香

一条道路，我思悠悠

一条道路，说走就走

2

我手执竹竿，叩问前程

一步一步朝云深处漫游

相伴的只有风，让人想独立其中的秋风

双肩包和运动鞋，惦念着天涯

朝九晚五之人决定

浪迹萍踪

两个相同型号的绿色垃圾桶

肩并肩地站立在路旁

一个桶壁上用黄油漆写"浙川村"

另一个桶壁上用红油漆写"永来村"

浙川属浙江，永来属安徽

不小心做了准绳和规矩的它们

像两个省份分别派出的哨兵

各自站在自己省份的地盘上

从这个桶走到那个桶，就等于过了关卡

两个垃圾桶就是这样

胸怀半个天下

好吧，权当这两个桶

就是两省之界碑

让它们为我作见证：

把一条古道来反穿

一脚踏两省

先迈右脚，后迈左脚

风吹过梦境

3

是身体里的贫穷，促使我徒步

身体里的惶恐，促使我疾行

身体里的绝望与盼望等同

使我不惧迢遥，全程贯穿直至尽头

双脚闯进的迷宫

亿年蛮荒和千年苍茫

失了界限

得保持速度

一口气穿过所有纪年

得在天黑前走出大山

抵达另一起点

得在天黑前走出大山

去拥抱一场虚构的邂逅

不可停留，一封火热的信

正朝着时光深处

快马加鞭

一堆现代的重量

碾压在古代路面上

——岁月就这样保持了平衡

在数字和虚拟的世上

这条道路自己就是万水千山

这条道路的深处适合隐姓埋名

4

在崇山峻岭间

巨石像我一样在飞奔

它们静止不动，什么也不思想

却保持滚动之姿

以运转胸中的惊涛骇浪

驻足侧耳，可听见它们各自的心跳

那从上古一直持续至今的调频

当它们其中的一块，因钙流失

而突然开始抽搐，陷入去留莫辨的困境

我不得不加快了脚步

累累巨石使群山镇静

加重着一条道路延伸时的定力

在山道拐弯处

在时间的转折点

危崖像真理一样孤悬

5

一个省的南部，与另一个省的西北

通过最短线路

打着陡峭的招呼

山山相连，杯酒交欢

窄细路径挑着两个省份

两个省都晃晃悠悠

连同它们的江湖和码头

连同岸上的桃花、桃花后面的笑容

都在摇晃中微醺和浅寐

丝绸、茶叶、竹编、盐和瓷

有轻触微温的情意

在路途上穿梭

被山林围绕，被雨雪祝愿

如此江南，内心完整

在苦楚之中，也荡漾丝丝的甜

这条路把道德挑了上千年

有它自己的抑扬顿挫、起承转合、继往开来

这条路一直在告别，在回忆，在挽留

唐宋的热烈，明清的经世致用

民国的淳厚

6

摇晃白色茸毛的是狼尾草

开簇簇黄花的是千里光

菱叶菊穿了长裤，单腿立于石缝

野桂花的香味已把空气麻醉

枇杷为勾引蜜蜂，在枝头举起成簇的淡黄

水杉成林，笔直赭红，浸泡在沼泽

老樟树抄着手，在秋风中跺脚

古松的庞大根系，如青筋裸露出地面

使山野显出了沧桑

竹林在雾中连绵

成为一场盛大的遗忘

7

两座山峰竖立并紧挨

思索着永生

古道审慎地，挺进虚设的山门

从有坡度的狭窄空地穿过

用青灰色线条

画了一道弧线

门是窄的，路是小的，找着的人也少

将来有许多人想要进去，却是不能

仰起头，天空被裁成了一绺

像一把横躺的钥匙，闪烁寒意

那是思想的缝隙

等着夜晚的星星漏下，一颗挨着一颗

云层之中或云层之上，是天庭，话语隐约

8

当接近一个高爽的凹形山地

那凹形里，盛着苍穹

一大块蓝和一大朵白，恰好嵌入其中

从低处走过去，如同临了一扇天窗

蓝与白多么爱干净

从那里可以望见虚无

——时间被关押在里面

空悠悠的模样，等着被释放

至于凹形的底部，是一大片草甸，现已深秋

帐篷已与嬉闹一起收起

空余杂沓的脚印追忆上一季

而芦花开得正好，银肤雪貌，半睡半醒

在风中俯仰

把地平线摇晃

9

走这条道之前，它在那里

走过这条道之后，它仍在那里

什么也不说，只仰躺，起伏，蜿蜒

像时间本身一样缄默

并散发着幽光

我不知为何像一只田鼠

在上面奔波

我和它，完全独立于彼此的意志

既是山中道路，就会有人去走

脚步不会感动任何一块石板

它本身无辜，并不感念那些走过去的脚

只在斜阳之中，怀想着自己

全部的过往

纤纤细细地穿过

一座又一座山峰

却让自己充塞了整个山间

10

晌午，坐在山核桃林中吃挞馃

面饼和林子都是金色的

都有蓬松的喜悦

窸窸窣窣

抬头望向西天，鱼鳞状白云

正涌上来

总体气势犹如一张临终的大眠床，铺在天上

一顿午餐吃得铺天盖地

有金箔和银箔在闪亮

漂泊着的家园如此灿烂

不能等了，得起身继续前行

——余生已经不够用来

热爱世间的大好河山

11

细瞅脚下的古道：

方形石板居中寓"龙脊"

鹅卵石分散两边寓"龙鳞"

而青草在石缝中生长

幼小而倔强

一条游龙如此矫健

扭动在深山

已上千年

一溜小跑，它在脚下是滑腻的

跳跃时，可感到它的弹性

另一类：筑土为台阶，细圆木为沿

仿佛装订的册页

被掀开并交错竖排

人在一本书卷里升降

脚踏一张张书页的边缘

12

迎面走来挑担之人，挑着柿子和南瓜

布衣布袜，眉眼温良

似在戏仿当年徽商

秋天盛在箩筐里，岁月静好

皖南和杭州城，以及半个江南

都盛在了箩筐里

继续前行，我的双肩包驼峰般

隆起在脊梁

也有了一副徽骆驼模样

瓶装水和折叠伞，是命定的装备

充电宝里储存着终极关怀

一板令人睡去的舒乐安定，一瓶使人醒来的脑清片

就我的神志问题天天探讨

而优甲乐，毫不讳言主权和终身制

这些都不能妨碍

我步履自信，仿佛摩西

正在前面带领

花影不离身左右，鸟声只在耳东西

头发蓬乱，却不以为意

芒刺粘上了鞋袜

草籽挂上了衣裳

13

从下雪堂到黄茅培村

途经一座临时搭起的小木桥

在浮空之上发抖

一声咳嗽就能把行人震落

一间有平有仄的凉棚，挡在路中央

竹排椅上坐弱冠者三五人

一位饮者，直接倚仰在了酒的斜坡

往前行，银杏和枫树正用体内的油彩

进一步把秋意来加重

一座水坝先是把河流关进栅栏

接着又倒挂在了崖壁上

古道则紧依这崖壁的一侧，铤而走险

一只虎斑蝶带路，引我至一石洞入口

那里可作避雨处或寄存处

在看清里面既无宝藏也无神仙之后

我决定将一段悲伤掩藏在内

14

这道上曾经走过众多劳苦担重担的人

恒久忍耐着命运下坠的重力

那般姿势，最接近朝圣

这道上走过手持菊花的隐者

走过主张立牌坊的哲人

走过赶考的儒生，打着四书五经的嗝

走过流浪汉和侠客，让落日成为一曲悲歌

走过蚕娘，与春天过于亲昵

走过采药的神医，撷摘草木之魂

走过抄近路的黑犬，为贬谪人当邮递员

这道上走过的放牛娃已富可敌国

这道上走过的儒商，狂爱王羲之

这道上走过两袖清风的县长

走过凸鼻凹眼的传教士

走过诗人，让蕙的风吹遍寂寞的国

15

有一个少年，曾走在这古道上

在雾气弥漫中渐行渐远

"所有的防身之具只是一个慈母的爱，

一点点用功的习惯，和一点点怀疑的倾向"

至杭转沪，又漂洋过海

用标志性的微笑

开启了一段历史的旋钮

摁下了文化转换的按键

他的样貌神情里，有天涯之感

他终其一生都像一个少年

现在我的脚印

正与他的脚印叠加

仿佛在他的姓名旁，签上了我的名字

笔画边缘，开出一朵小花

我休憩时的古茶亭，定是他停留过的

我愿用一种非理性的方式

献上敬意

由于缺席而形象愈加清晰

我对他怀着乡愁

16

在山水间寻找着个人的坐标

担负着空虚，步履匆匆

风会睡去，醒来，喃喃自语

进一步打开头脑中的自由

这是独处的一种方式

远离人群之后，我爱上了行走

爱上了一个人的圆满

身体日益坍塌

却有一条电缆，直接与宇宙相连

内部一天新似一天

遇山道的急拐弯，灵魂比身体走得更快

早一步在前方的垭口等着

如此前仆后继

假如灵魂速度远远大于身体速度

我就会跌倒在花岗石的

江南第一关

17

一块遮挡的亘古巨石，被凿透

凿出两米高的门洞

出此主意的石匠，脾气比石头更硬

上方的石牌坊，将道路横拦

双面的横批铭文，皆为比喻

光影虚实，把立体感赋予书法

人类的手迹遗落于茫茫荒野

正被秋风修改

周围山头，纷纷向着谷壑鞠躬

崖壁和砾石也挥发出了秋天的味道

往上看，是百丈悬崖，向下看，还是百丈悬崖

有一种美学应该叫作悬崖美学

挂在半空的草树弯下腰，发出吟咏

整座山在吟咏，群山在吟咏

风拎着身子和影子

一起向前

从这个门洞走过去
就叫离乡背井

18

关隘旁，有拱形小庙和碑碣
是谁人之墓，何故倒毙路旁
他们在墓中翻了一个身
梦见了活着
梦见了赶路，梦见了长生不老
梦见水墨意象的城邦
梦见天空眼含悲愁
梦见自己并没有死，只是
困在了一个难以醒来的梦中
天地逆旅，百代过客
此时此刻，已是另一个世纪
雾依然在半山腰徘徊
在岩石上擦着它的脊背
鹰依然用翅膀挑战峰顶
滑翔轨迹动魄惊心
一小阵微雨飘洒，传递着
天地间的问候
谁在高处正默默不语，俯视着
世界缓缓下坠，又渐渐悔改并依皈

19

大峡谷森然，巨石峥嵘

保持亿年前的撕开与滚落之姿

有天崩地裂的记忆

从崖壁外侧，从高悬的等高线上

开辟一条在希望中无望，又在无望中希望的

踽踽窄道

那是以凿子的手工

生生地对抗凛凛的天然

空中回响代代开凿之声

堆积在一起

终汇成悠长之叹：走出去，走出去，走出去

远逝的旅人，背影绰绰而叠叠

而今行至宇宙的何方

未来某一刻，可否会同时返回故乡

20

一方宋朝石刻，高悬在

背阴的削壁

道路整修之事约略记载

字迹不情不愿，越来越难辨

与其说为了记住，倒不如说为了淡忘

岩石的肌理被划破

捧献出了词语

笔画晾晒在时间里

与时间对抗，欲冲出时间的洇漫

或与时间同归于尽

终因疲倦而败北

文言文凉拌雨雪风霜

笔画之间，青苔依稀，自我纠缠

笔画凹处盛着虚空

虚空的虚空，凡事都是虚空

世上唯有虚空是永定的，并且浩荡

21

栈道从山脚开始，往山腰和山巅

缓缓攀升，追赶天空

寻求绝对真理

一条道路要多么不计后果

以至于忘了自己是一条道路

才敢把自己挂在绝壁上

一道瀑布赤膊上阵

从半空跃下

形状和声响，被紧邻的那面崖壁

完整地录制

它以忘我之姿，粉身碎骨地拥抱

万丈深渊

在底部，溪流以合作的态度

回答沟涧中野花的提问

并交出由石斑鱼测量的

这个秋日的常温

22

峰峦描画出天际线

并遮挡了夕阳

山间的光景提前黯淡

剩余的光线，在巅顶变幻着

幽冥的七彩

呈放射状进入谷底

谷中正在变得静谧

所有声息都撤退、消弱、递减

河水已把脚步放缓，再放缓

河床中，石头堆砌，闪着微光

为自身重量所累

不知不觉，我脚步加快

古道，西风，唯独缺一匹瘦马

嬉皮笑脸的断肠人，在等谁的电话

在不知不觉中加快了脚步

季节、生命和人世，竟都一起

到了这样的临秋末晚

我加快了脚步

走得跟斜阳下滑的脚丫子一样快

草木镶了金边，苍郁还在弥漫

23

天色越来越暗，人生越来越短

在晦暗之中，一株松树在山巅兀自独立

坚持诵读云朵的经书

一只棕背伯劳站立树梢，用长尾巴

给自己打着节拍

急切的叫声加速了天黑

没有见到萤火虫

那为爱情而撑到秋天的，少而又少

人奔走在石径上，可感受到自我的存在

体重、年龄、心率、脚底的茧

还有体内半生的混乱

人在石径上奔走

走平路，走上坡或下坡

从台阶上走出更多的台阶

把路迢迢走成路漫漫

一个小型水电站属于二十世纪

负责着山外的万家灯火

山脚一个村子已隐约可见，叫鱼川

24

古道尽头，是平平坦坦的温情

古道钻出大山之后，会没入田野

田野携带着地平线

连接市井与村落

屋瓦翘起檐角

挑着青蓝的夜晚

以及夜晚之上的鸿蒙

古道也许是历史地理学的表盘上

一根细小的指针

萌生有时，修筑有时，焕发与蓬勃有时

衰落有时，怀念有时，怀念之后再忘却亦有时

我就要把这全程走完，在我完全走过去之后

莽莽大山里的古道

将明月高悬

25

来路即去路，终点即起点

出口就是另一个入口

相距遥远的两座山门，互为结束与开端

中间的曲折与起伏，跨度千年

月亮在后脑勺，在夜的剧场，念着独白

——关于生之繁华与苍凉

云雾在背后拢起又开散

拽着衣袖挽留

我没有挥手，也没有回头

接下来即将奔赴前程

新的路径夸大着速度与里程的矛盾

是高速公路、铁路与航线
现代的风劲吹
吹过现代医院和现代坟墓
吹过现代的苦闷与荒芜
世界的制动系统已经失灵
永远是，且只能是
在虚构的紧迫中提速，一直向前
那么，请告诉我，唯有什么不变
从今时直到永远

2020. 1

图书在版编目（ＣＩＰ）数据

天空下 / 路也著. -- 武汉 ：长江文艺出版社，
2021.11（2022.11 重印）
ISBN 978-7-5702-2290-2

Ⅰ. ①天… Ⅱ. ①路… Ⅲ. ①诗集－中国－当代
Ⅳ. ①I227

中国版本图书馆 CIP 数据核字（2021）第 136836 号

天空下
TIAN KONG XIA

责任编辑：胡 璇　王成晨　谈 骁　　责任校对：毛 娟
封面设计：天行健　　　　　　　　责任印制：邱 莉　王光兴

出版：长江出版传媒 ｜ 长江文艺出版社
地址：武汉市雄楚大街 268 号　　　邮编：430070
发行：长江文艺出版社
http://www.cjlap.com
印刷：中印南方印刷有限公司

开本：880 毫米×1230 毫米　　1/32　　印张：6　　插页：4 页
版次：2021 年 11 月第 1 版　　　2022 年 11 月第 2 次印刷
行数：3809 行

定价：52.00 元
